Vente du Vendredi 7 Février 1908

HÔTEL DROUOT — Salle n° 10.

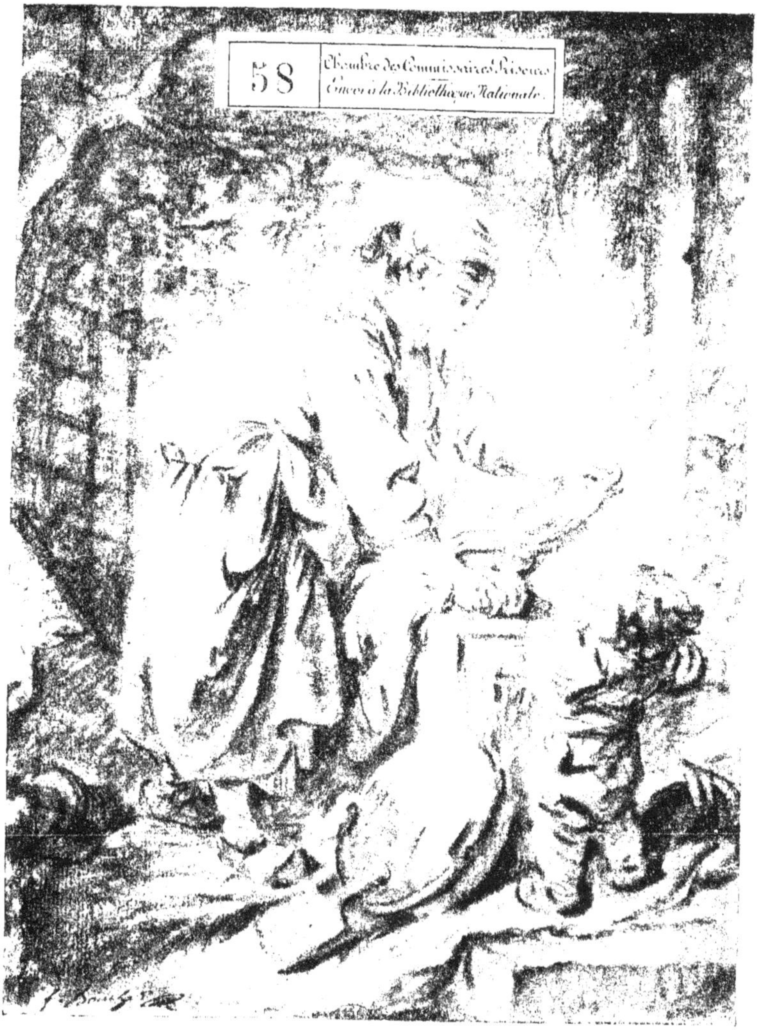

N° 15 du Catalogue.

TABLEAUX

Dessins Anciens et Modernes

Mᵉ LAIR-DUBREUIL   M. LOYS DELTEIL

CATALOGUE
DE
DESSINS ANCIENS

Aquarelles, Gouaches, Pastels
Principalement de l'Ecole Française du XVIIIe siècle

PAR OU ATTRIBUÉS A

Beauvarlet, Bélanger, Boilly, Borel, Boucher, Caresme, Cochin,
Cozette, Debucourt, Delorge, Desrais, Dubois,
Eisen, Fragonard, Gellée, Greuze, Guardi, Huet, Jorrigny, Lagneau,
Loutherbourg, De Machy, Meunier, Moreau le Jeune, Nattier, Nicolle, Pater,
Pérignon, Pillement, Pourcelly, Robert,
Saint-Aubin, Suvée, Théolon, Trinquesse, Vien, Watteau, etc., etc,

MINIATURES
Par Cosway, Augustin, Sicardi, etc.

DESSINS MODERNES, AQUARELLES
PAR OU ATTRIBUÉS A

Bonington, Cabat, Daubigny, Decamps, Detaille, Devéria, Flameng,
Fortuny, Gavarni, Helleu, Huet, Ingres,
Meissonier, Moine, Ad. Moreau, Moretti, Raffet, Somm, Vervet, etc.

TABLEAUX

Dont la Vente aux Enchères Publiques aura lieu

HOTEL DES COMMISSAIRES-PRISEURS, RUE DROUOT N" 9

Salle n⁰ 10.

Le Vendredi 7 Février 1908, à deux heures.

Commissaire-Priseur :	*Expert :*
Me F. LAIR-DUBREUIL	M. LOYS DELTEIL
6, Rue Favart, 6	2, Rue des Beaux-Arts.

EXPOSITION PUBLIQUE
Le Jeudi 6 février 1908, de 2 heures à 6 heures.

CONDITIONS DE LA VENTE

Elle sera faite au comptant.

Les adjudicataires paieront *dix pour cent* en sus des enchères.

M. LOYS DELTEIL remplira les commissions que voudront bien lui confier les amateurs ne pouvant y assister ; il se réserve, en outre, la faculté de diviser ou de rassembler les lots.

MM. les amateurs pourront visiter la collection, *2, rue des Beaux-Arts*, du Lundi 3 au Mercredi 5 Février, de 2 heures à 5 heures.

Exposition publique à l'Hôtel Drouot, Salle n° 10, de 2 heures à 6 heures.

N.-B. — Une circonstance particulière ne nous ayant pas permis de vérifier les attributions portées au Catalogue, nous nous réservons, au cours de l'exposition et pendant la vente, de modifier certaines attributions.

L. D.

Nᵒ 4 du Catalogue.

DÉSIGNATION

TABLEAUX

BOILLY (Louis)

1. Portrait d'homme.

> En buste, large cravate blanche, habit bleu et gilet doublé de rose.
>
> Toile (H. 0.23 L. 0.19)

BOILLY (Louis)

2. Portrait de femme âgée.

> En buste, coiffée d'un large bonnet, collerette de dentelles et robe bleue.
>
> Toile (H. 0.21. L. 0.16)

BONINGTON (R. P.)

3. Marine : Rochers au bord de la Mer.

> Esquisse (H. 0.34. L. 0 48)

FRAGONARD (d'après H.)

4. L'Instant désiré.

> Toile.
> Cadre ancien de l'époque Louis XVI, en bois sculpté et doré avec fronton ruban.
>
> (H. 0.55. L. 0 45)

REMBRANDT (Ecole de)

5. Portraits d'hommes, deux pendants.

> Cadres anciens en bois doré.
>
> Bois (H. 0.16. L. 0.13)

VESTIER (Antoine)

6. Portrait de femme.

> Représentée en buste, le corps légèrement tourné vers la gauche. Robe à fleurs roses, et ruban rouge au corsage. Elle est coiffée d'un petit chapeau.
> Signé Vestier f. 1773.
>
> Toile ovale (H. 0.44. L. 0.35)

ECOLE FRANÇAISE (XVIIIe siècle)

7. Paysage avec chaumières, animé de personnages.

> Deux esquisses peintes sur papier huilé, de forme ovale.
>
> (H. 0.09. L. 0.11)

ECOLE DE 1830

8. Personnages à cheval. Deux pendants.

> Toiles (H. 0 23. L. 0.31)

DESSINS ANCIENS

Miniatures

BEAUVARLET (J.)

9. Portrait d'homme. Profil dirigé vers la gauche. Médaillon,
    Mine de plomb. Au dos, dessiné par M. Beauvarlet, 1766.

(Diam. 0.08 1/2)

BÉLANGER LE JEUNE (Louis)

10 Gorge dans les montagnes. — A gauche, suite de rochers
    élevés, avec un château-fort en ruines ; au pied coule
    l'eau des torrents ; à droite, un paysan précédé d'un âne
    et de chèvres.

> Belle aquarelle rehaussée de gouache, signée : Bélanger
> 1783.

(H. 0.53, L. 0.39)

11. Paysage avec chute d'eau. — Au centre, l'eau tombe de haut
     par deux ouvertures qui semblent adaptées à un rocher.
     Ça et là, sur le rivage, des arbres verdoyants. Montagnes
     élevées dans le fond. Au premier plan, une barque avec
     des pêcheurs. A gauche, un grand arbre mort.

> Aquarelle rehaussée de gouache, signée : Bélanger, 1784.

(H. 0.23 1/2, L. 0.37 1/2)

BOILLY (Louis)

12.   Portrait de M. de Martignac.

Pierre noire, rehaussée de sanguine. Collection Destailleurs.

(H. 0.20 1/2, L. 0.14)

BOUL (Antoine)

13.   Ah ! mon ami, sans toi, ils m'entraînaient....

Aquarelle, a été gravée.

(H. 20 1/2. L. 0,15)

BOUCHARDY

14.   Portrait d'homme en buste.

Crayon noir, ovale.

(H. 0.20, L. 0.15)

BOUCHER (François)

15.   Femme et Enfant. — Sous une charmille, une jeune paysanne, en sabots, lave son linge sur une large pierre ; devant elle, un petit garçon la regarde ; à ses pieds, une chaudière, un battoir.

Important dessin à la pierre noire, rehaussé de blanc sur papier marron. Signé à l'encre *F. Boucher*. Ancien montage, signé *Fr.* Cadre ancien en bois sculpté et doré, de l'époque Louis XVI, au dos duquel on lit : Au mois de février 1777, j'ay acheté ces deux desseins pendants à la vente de M. Boucher, 72 l. les deux. Les deux bordures m'ont coûté 24 l. Total 96 l.

(H. 0.30. L. 0.22)

N° 386 de la vente de Fr. Boucher.

BOUCHER (François)

16. Femme et Enfant. — (Pendant du précédent). Jeune paysanne, assise au pied d'un arbre, d'une main, elle tient un panier rempli de fleurs, et de l'autre prend le bras de son enfant endormi.

Vigoureux dessin, à la pierre noire, rehaussé de blanc, sur papier marron. Signé à l'encre *Fr. Boucher*. Ancien montage signé *Fr.* Cadre ancien en bois sculpté et doré, de l'époque Louis XVI.

(H. 0.27. L. 0.19)

N° 386 de la vente de Fr. Boucher.

17. Homme nu blessé et étendu par terre.

Belle étude aux crayons de couleurs et à l'estompe, sur papier gris.

(H. 0.35. L. 0.49)

18. Tête d'homme, de face, inclinée vers la gauche.

Sanguine.

(H. 0.20. L. 0.17)

19. Tête de femme.

Pierre noire et estompe rehaussée de blanc, sur papier bleu.

(H. 0.30. L. 0.26)

BOUCHER (attribué à)

20. Femme nue, couchée.

Pierre noire rehaussée de blanc, sur papier gris.

(H. 0.34 L. 0.47)

BOUCHER (Ecole de Fr.)

21. Femme chinoise et ses deux enfants.

Aquarelle découpée et habillée.

(H. 0.23. L. 0.20)

CARESME (attribué à Philippe)

22. Groupe de trois Bacchantes.

Etude aquarellée.

(H 0.30. L 0.21)

COCHIN LE FILS (Charles Nicolas)

23. Projet de Chaire pour l'Eglise de Saint-Sulpice, par Michel Ange Holtz.

Mine de plomb, signé : *Cochin filius delineavit.*

(H. 0.23. L. 0.16)

COCHIN LE FILS (Charles Nicolas)

24. Uranie, allégorie à l'Astronomie.

Dessin à la plume, lavé d'encre de chine.
A été gravé pour l'Iconologie.
Cadre ancien en bois sculpté et doré.

COLIN DE VERMONT

25. Homme nu assis.

Très belle étude à la sanguine, signée *Colin de Vermont* sur la monture.

(H. 0.31. L. 0.40)

COLON

26. Paysage avec château au bord d'une rivière, barques et promeneurs.

Aquarelle signée Colon, 1780.

(H. 0.09 1/2. L 0.14)

COZETTE (XVIIIe siècle)

27. Le Fourgon militaire.

> Au centre, vaste chariot sur lequel sont assises plusieurs femmes : çà et là des soldats, des chevaux, des malles, des objets de cuisine. Par une échappée, à droite, on aperçoit une armée en marche. A gauche, un jeune paysan, monté sur un arbre, considère le spectacle.
>
> Plume et aquarelle, signé *Cozette*.

(H. 0.34. L. 0.57)

DEBUCOURT (attribué à P. L.)

28. La Coquette et ses filles, ou une mère à la mode.

> Dans un jardin, une grosse femme au bras de son mari se promène. Ses deux filles maigres marchent devant elle. Au fond, à gauche, des maisons de campagne. Au milieu, un petit kiosque sur une terrasse, et à droite, sous de grands arbres, une foule de promeneurs.
>
> Composition connue par la gravure du maître, publiée en 1803, de la suite des *Mœurs* et *Ridicules du jour*.
>
> Dessin à l'aquarelle.

(H. 0.28 1/2. L. 0.42)

DELORGE

29. Le Gué.

> Belle gouache. Signée *Delorge*.
> Cadre ancien en bois sculpté et doré.

(H. 0 30. L. 0.38 1/2)

DESRAIS (C.-L.)

30. Tambour de profil portant sa caisse. — Tambour de face battant sa caisse.

> Deux pendants.
> Plume et Sépia.

(H. 0.28. L. 0.19)

DE VOSGE (François)

31. Que deux amis parfaits sont bien dignes d'envie
     Ne vas pas les chercher au Monomotapa.
     Tu les vois c'est icy que Voge les groupa
     Il peignit moins leurs traits que leurs mœurs et leurs vies.

> Mine de plomb et lavis d'encre de chine.
> Signé : *F. de Voge invenit et fecit.* Ancienne monture
> signée ARD.
>
> (H. 0.20 1/2. L. 0.22)

DROUAIS (attribué à)

32. Tête d'homme.

> Sanguine, rehaussée de blanc.
>
> (H. 0.37. L. 0.24)

DUBOIS (XVIIIᵉ siècle)

33. Paysage avec pont et troupeau à l'abreuvoir.

> A gauche, vaste pont sur lequel passent deux hommes pré-
> cédés d'un âne Au centre, ruines d'un château. A droite, un
> vieux chêne ; au premier plan un troupeau, vaches et moutons,
> puis un âne sur lequel une femme est montée, enfin le berger.
> Importante gouache.
>
> (H 0.43. L. 0.57)

DUPUIS (C.), Architecte

34. Vue du Champ de Mars le 14 juillet 1770. Entrée de l'As-
     semblée Nationale et des députés à la Confédération
     générale exécutée à Paris.

> Plume et lavis d'encre de chine.
> Signé.
>
> (H. 0 30. L. 0.45)

EISEN (Charles)

35. Académie d'homme nu assis.

> Sanguine rehaussée de blanc sur papier gris.
> Signé. (H. 0.52, L. 0.39)

FRAGONARD (Honoré)

36. Cascatelles de Tivoli.

> Sépia rehaussée de gouache.
> (H. 0.45, L. 0.55)

37. Entrevue d'Antoine et de Cléopâtre.

> Plume et lavis de sépia. Collection du Mis de Chennevières.
> (H. 0 35. L. 0.54)

38. Intérieurs et paysages.

> Six petits croquis à la plume dans le même cadre.

39. Jardins de la Villa d'Este.

> Très belle esquisse à la sanguine. A été gravée par Saint Non.
> (H. 0.40, L. 0.54)

40 Samson et Dalila.

> Première pensée de son tableau. Plume et lavis rehaussé de gouache. Collection Magne de Marseille.
> (H. 0 20, L. 0.25)

41. Premières pensées pour Roland furieux.

> Deux croquis au crayon noir, lavés de sépia.
> (H. 0.40, L. 0.27)

FRAGONARD (attribué à H.)

42. Sainte Marie Magdeleine.

> Très belle étude à la sanguine. Cadre ancien en bois sculpté doré du temps de Louis XVI.
> (H. 0.27, L 0.41 1/2)

FRAGONARD (Ecole de)

43. Jeune femme assise.

Sanguine.

(H. 0.37, L. 0 26)

GELLÉE (Cl. dit le Lorrain)

44. Marine, avec un phare sur la droite.

Plume et lavis de bistre.

(H. 0.23, L. 0.31)

45. Paysage avec château fort dans le fond. Effet de lune.

Plume et lavis de sépia.

(H. 0.18, L. 0.28)

46. Paysage avec palais en ruines.

Plume et lavis de bistre.

(H 0.21, L. 0.31)

GREUZE (Jean-Baptiste)

47. Visite à un Saint Ermite.

Important dessin au lavis.

(H. 0,46, L. 0.60)

GUARDI (François)

48. Canàl à Venise.

Plume et lavis de bistre. Cadre ancien en bois sculpté et doré.

(H. 0.29, L. 0.56)

49. Le Grand Canal.

Plume et lavis de bistre. Cadre ancien en bois sculpté et doré.

(H. 0.33, L. 0.58)

N° 49 du Catalogue.

HUET (Jean-Baptiste)

50 Bergère ramenant son troupeau. — Le Retour du Marché.
Deux pendants.

> Aquarelles sur traits de plume.

> (H. 0.27, L. 0.21)

HUET (Jean-Baptiste)

51. Etude de chiens.

> Sanguine.
> Signée à l'encre J.-B. Huet, 1770.

> (H. 0.21. L. 0.30)

52. Paysages animés de figures. Deux pendants.

> Aquarelles, signées J. B. Huet, 1788.

> (H. 0.17 1/2. L. 0.23)

53. Tête de chèvre.

> Crayon noir et aquarelle, signé *J·B. Huet 1769*. Cadre ancien
> en bois doré et sculpté.

> (H. 0.23. L. 0. 26)

HUEZ (D')

54. La France sous la figure de la Reine regardant la machine
aérostatique s'élever dans les airs.

> Plume et sépia. Signé *D'Huez*. Collection du Mis de
> Chennevières.

> (H. 0.33. L. 0.24)

JORRIGNY

55. Allégorie avec portrait de Descartes.

> Mine de plomb, signé. *Dessiné par Jorrigny*. Cadre ancien en
> bois sculpté de l'époque Louis XIII.

> (H. 0 09 1/2. L. 0.15)

LAGNEAU

56.   Portrait d'homme.

> De trois quarts, dirigé vers la gauche, il porte une grande
> barbe et une toque de fourrure.
> Crayon noir rehaussé de sanguine. Cadre ancien en ébène.
>
> (H. 0.31. L. 0.23)

LAGNEAU

57.   Portrait d'homme âgé.

> Représenté de profil, la figure de trois quarts dirigée vers la
> droite, la tête coiffée d'un large bonnet de fourrure.
> Ddessin aux crayons de couleurs.
>
> (H. 0.34. L. 0.26)

LETHIÈRE (Guillon)

58.   Portrait de la femme du peintre.

> Aux crayons de couleurs.
>
> (H. 0.29, L. 0.23 1/2)

LETHIÈRE (Guillon)

59.   Portrait de L. Sauvageot à onze ans.

> Dessin avec dédicace.
>
> (Diam. 0.19)

LOUTHERBOURG (J.-Ph de)

60.   L'Heureuse famille.

> Devant une chaumière, un paysan tient son jeune enfant à
> cheval sur une chèvre.
> Jolie gouache d'une belle conservation.
>
> (H. 0.20 1/2, L. 0.17)

MACHY (de)

61.   L'Ecurie du Pape Jules II.

Plume et lavis de sépia. Collection du Mis de Chennevières

(H. 0.27, L. 0.18)

MEUNIER

62.   Vue du Champ-de-Mars à l'instant où MM. les Députés à l'Assemblée Nationale et les fédérés réunis y prononcent le serment civique, le 14 juillet 1790. Vue prise du côté de Grenelle.

Aquarelle. A été gravée.

(H. 0.25, L. 0 59)

MINIATURES

63.   Portrait de femme. Epoque Louis XIV.

Petite peinture sur cuivre.

(H. 0 09 1/2, L. 0.07 1/2)

64.   Jeune femme à sa toilette. Epoque Louis XV.

Gouache ovale.

(H. 0.07 1/2, L. 0.10)

65.   Portrait d'homme en habit gris, cravate blanche et chevelure bouclée. Epoque Georges III.

Jolie miniature ovale, attribuée à R. Cosway.

(H. 0.057, L. 0.048)

66.   Portrait d'homme en habit violet et jabot de dentelles. Epoque Louis XVI.

Très fine miniature ronde Signée : *Augustin*, 1790.

(Diam. 0.068)

MINIATURES

67. Portrait d'homme en habit noir et jabot de dentelles. Epoque
Louis XVI.

Miniature ronde.

(Diam. 0.065)

68. Le Jugement de Pâris.

Miniature ronde.

(Diam. 0.062)

69. Boîte écaille avec quatre sujets : Amours et sujets mytholo-
giques.

70. Portrait d'homme en habit noir avec revers rouge, et coiffé
d'un chapeau. Epoque de la Révolution.

Miniature ronde, signée des initiales C. H.

(Diam. 0.070)

71. Portrait de Joseph Aude, auteur de Cadet Roussel. Epoque
de la Révolution.

Miniature ronde.

(Diam. 0.053)

71 *bis*. L'Hiver.

Très fine miniature signée : *Fiocchi d'après Prudhon*.

(H. 0.09 1/2. L. 0.08)

72. Portrait de jeune femme, les épaules couvertes d'un voile
bleu transparent, avec des fleurs rouges dans la coiffure.
Epoque du Premier Empire.

Miniature ronde signée : *Sicardi*, pinx. 1817. Sur boîte écaille.

(Diam. 0.065)

73. Portrait de femme coiffée d'un bonnet de dentelle. Epoque
de la Restauration.

Miniature ronde.

(Diam. 0.058)

MOREAU LE JEUNE (J. M)

74. Le Massacre des Innocents.

Plume, lavé de sépia.

(H. 0.10, L. 017)

75. Combat à l'abordage.

Plume et lavis de sépia signé : *J. M. Moreau le Jeune, an 6,*
1798.

(H. 0.16. L. 0.23)

NATTIER (attribué à M.)

76. Têtes de femmes.

Trois dessins à la sanguine.

NICOLLE (V. J.)

77. Fête villageoise.

Aquarelle.

(H. 0.15 1 2. L. 0.26)

78. Halle du Puget à Marseille.

Aquarelle.

(H. 0.13 1/2 L. 0.19)

79. Place publique, animée de nombreux personnages, charla-
tans, etc.

Plume et aquarelle.

(H. 0.14. L. 0.24)

80. Ruines de palais.

Très fine aquarelle

(H. 0.12. L. 0 08)

OUDRY (Jean-Baptiste)

81. Ragotin dans le coffre, sujet tiré du Roman comique de
Scarron.

> Pierre noire.
> On y a joint la gravure.

(H. 0.33. L. 0.28)

PALMERIUS

82. Berger et animaux.

> Plume et lavis de sépia. Signé : *Palmerius fecit*.

(H. 0.26. L. 0.36)

PATER (Jean-Baptiste).

83. Etude de femme en pied et assise.

> Aux crayons de couleurs. Collection Calendo.

(H. 0.16 1/2, L. 0.15 1/2)

PÉRIGNON (N.)

84. Village au bord de la mer.

> Aquarelle.

(H. 0.15, L. 0.22 1/2

PERNET

85. Temple en ruine, avec fontaine.

> Plume et lavis d'encre de chine. Ovale.

(H. 0.49, L. 0.38)

PICART (Bernard)

86. Les Joueurs de cartes.

> Jeu, est-il jeu, ou sy c'est une rage.
> Ouy, il est jeu pour l'homme sage.
> Mais pour ces fous qui jouent et prennent feu
> Il est bien plus rage que jeu.

Plume et lavis d'encre de Chine.

(H. 0.10, L. 0 17)

PILLEMENT (Jean)

87. La Danse de l'Ours.

Crayon noir, signé des initiales et daté 1805. Cadre rond ancien en bois sculpté et doré.

(Diam. 0.18)

88. Repas de Paysan.

Pierre noire. Signé, Jean Pillement, 1791.

(H. 0.17, L. 0.24)

POURCELLY

89. Paysages avec temples et palais, animés de nombreux personnages.

Deux pendants. Gouaches.

(H. 0.48, L 0.54)

ROBERT (Hubert)

90. Femmes de l'Ile de Malte.

Plume et lavis de bistre.

(H. 0.34, L. 0.42)

ROBERT (Hubert)

91. Madone dans un arbre. Paysage animé de figures.

> Sanguine. Cadre en baguette dorée, ancien.

(H. 0.33, L. 0.22)

ROBERT (d'après Hubert)

92. Les Cascatelles de Tivoli.

> Sanguine.

(H. 0.26 1/2, L. 0.40)

SAINT-AUBIN (Aug. de)

93. Portrait de Femme, profil à gauche.

> Mine de plomb en médaillon.

(Diam. 0,10)

SAINT-AUBIN (Gab. de)

94. Etude de femme en pied, vue de dos.

> Crayon noir rehaussé de pastel. Collection Calando.

(H. 0.26, L. 0.19)

95. Le Pont-Neuf. — Vue du Pont-Neuf, prise du quai de la
Mégisserie, regardant la Samaritaine et la statue de
Henri IV.

> Plume et mine de plomb, rehaussé d'aquarelle. Signé sur le
Pont, 17 août 1778.

(H. 0.19, L. 0.18)

SAINT-QUENTIN

96. Les Vœux du Peuple confirmés par la Religion.

> Composition allégorique, relative à l'avènement au trône de Louis XVI et de Marie-Antoinette.
> Au lavis d'encre de Chine. Signé : *Saint-Quentin del* A été gravé par Née et Masquelier.
>
> (H. 0.44. L. 0.43)

SUVÉE (XVIIIᵉ siècle)

97. Temple avec Colonnades, ombragé de grands arbres et animé de figures.

> Sanguine.
> Cadre baguette sculptée et dorée du temps de Louis XVI.
>
> (H. 0.42. L. 0.54)

THÉOLON (XVIIIᵉ siècle)

98. Femme nue, en pied, dirigée vers la droite.

> Belle étude à la pierre noire rehaussée de sanguine.
>
> (H. 0.47. H. 0.36)

99. Jeune femme nue brisant une flèche de l'Amour.

> Très belle étude à la pierre noire rehaussée de sanguine.
>
> (H. 0.48. L. 0.36)

TRINQUESSE (Louis)

100.   Portrait de femme.

En pied, de profil, dirigée vers la droite ; elle est assise sur un tertre gazonné et tient des fleurs sur ses genoux. Bonnet de dentelles, bouquet au corsage et robe garnie de volants.

Belle composition à la pierre noire, rehaussée de blanc sur papier bleu.

(H 0.35. L. 0,28)

101.   Portrait de femme.

De profil dirigé vers la gauche et coiffée d'un petit bonnet de dentelles.

A la sanguine.

Cadre ancien en bois sculpté et doré de l'époque de Louis XIII.

(H. 0.16. L. 0 14)

VIEN (J. M.)

102.   Le Triomphe de la Révolution.

Beau et important dessin à la plume lavé de sépia Signé à gauche. Collection du M^s de Chennevières.

(H. 0.34. L. 0.48

WATTEAU (Louis)

103.   Etude pour un portrait de femme.

Crayon noir rehaussé de blanc sur papier bleu.

(H. 0.23, L. 0.20)

ECOLE FRANÇAISE (XVIIIᵉ siècle)

104. L'Hermite.

Gouache.

(H. 0.18, L. 0.27)

105. Portraits d'homme et de femme de l'Ecole Louis XVI.

Pastels ovales.

(H. 0.53, L. 0.43)

106. La Reine Marie-Antoinette.

Représentée en pied, en grand costume de cour et tenant un éventail à la main. Derrière elle un large fauteuil et à sa gauche un meuble surmonté d'un groupe d'amours tenant un médaillon.

A la pierre noire, rehaussé de blanc sur papier bleu.

(H. 0.28, L. 0.20)

DESSINS MODERNES

Aquarelles

—

BONINGTON (Attribué à R.-P.)

107.   Les Moulins de Montmartre.

Gouache et Pastel.

(H. 0 35. L. 0.53)

CABAT (Louis)

108.   Paysage animé de figures et d'animaux.

Belle aquarelle, signée.

(H 0.24 L. 0.34)

DAUBIGNY (Karl.)

109.   Paysage avec cours d'eau.

Sépia signée et datée, 1852.

(H. 0.19. L. 0.30)

DECAMPS (Alex.-Gab.)

110. **Coucher de Soleil.**

Sépia signée des Initiales.

(H. 0.17. L. 0.29)

111. **Porte carnier.**

Charmant croquis à la plume, signé des Initiales.

(H. 0.15. L. 0.14)

DETAILLE (Edouard)

112. **Croquis militaires.**

Trois dessins à la plume dans le même cadre.
Signés des Initiales

DEVÉRIA (Achille)

113. **Don Juan.**

Aquarelle.

(H. 0.27. L. 0.21)

ECOLE FRANÇAISE (Epoque Empire)

114. **La Bouillotte.**

Plume et lavis d'encre de Chine.

(H. 0.16, 1/2 L. 0.13)

EUDEL (Ernest)

115. Embarcation sur une rivière. — Bergers des Landes.
Deux petites pièces.

> Aquarelles signées *Ernest* Eudel.
>
> (H. 0.04 1/2, L. 0.13)

FLAMENG (François)

116. Une Ambassade.

> Plume et lavis d'encre de Chine, rehaussé de gouache.
> Signé et daté, 1889.
>
> (H. 0.34, L. 0.24)

FORTUNY (Mariano)

117. Méditation.

> Très belle aquarelle signée.
>
> (H. 0.23, L. 0.14)

GAVARNI

118. Déguisés.

> Aquarelle signée.
>
> (H. 0.20 1/2, L. 0.15)

GÉRICAULT (Théodore)

119. Barque en mer.

> Aquarelle signée.
>
> (H. 0.17 1/2, L. 0.24 1/2)

Nº 117 du Catalogue.

HELLEU

120. Portrait de femme en pied.

> Crayon noir et pastel.
> Signé.

> (H. 0.69, L. 0.37)

HUET (Paul)

121. Bataille d'Hohenlinden. — Passage du Pô, près Plaisance.

> Deux belles aquarelles d'après Carle Vernet.
> Signées, *fait par P. Huet, 1818.*

> (H. 0.28, L. 0 38)

INGRES

122. Portrait de femme.

> Représentée assise, les deux mains sur les genoux, large ceinture et une étole de fourrure sur les épaules.
> Crayon noir rehaussé de blanc.
> Signé : *Ingres, fe*ᵗ, *1826.*

> (H. 0.23, L. 0.22)

INGRES (J.-A.-D.)

123. Portrait d'homme.

> En buste, dirigé vers la gauche, redingote à large collet.
> Mine de plomb. Signé.

> (H. 0.10, L. 0.08)

INGRES (attribué à J.-A.-D.)

124. Portrait présumé de Madame Aufrye, parente de la famille Gatteaux.

> Crayon noir.
> Signé à l'encre : Ingres, famille Gatteaux.
>
> (H 0.33, L. 0.23)

MEISSONIER (Ern.)

125. Deux études, torse et mains.

> Mine de plomb.
> Collection H. Giacomelli.
>
> (H. 0 08 1[2, L. 0.12 1[2)
> (H. 0.13 1[2, L. 0.08 1[2)

MOINE (Antonin)

126. Amour assis.

> Vigoureux dessin à la pierre noire rehaussé de pastel.
> Au verso on lit : *Mai 1849, par mon mari Antonin Moine,
> Louise Mo'ne.*
>
> (H. 0.21, L. 0.16 1[2)

MOREAU (Adrien)

127. Mariage de Louis XIII.

> Plume et lavis d'encre de Chine.
> Signé.
>
> (H. 0 31, L. 0.22)

N° 130 du Catalogue.

MORETTI (L.)

128. Concert dans un parc.

Gouache de forme ronde.

(Diam. 0.12)

RAFFET (Auguste)

129. Grenadier appuyé sur son fusil.

Aquarelle signée.

(H. 0 29, L. 0 23)

SOMM (Henry)

130. Parisiennes de Montmartre.

Très belle aquarelle signée.

(H. 0.54, L. 0.30)

VERNET (Horace)

131. Arabe à cheval.

Sépia. Signée et datée *H. Vernet 1843, Pétersbourg.*

(H. 0.21, L. 0 28)

GRANDE IMPRIMERIE DU CENTRE. — HERBIN, MONTLUÇON